어머니의 완장

황금알 시인선 48

어머니의 완장

1판 1쇄 | 2012년 2월 29일
1판 2쇄 | 2012년 3월 23일
1판 3쇄 | 2012년 11월 27일
1판 4쇄 | 2012년 12월 24일

지은이 | 임정옥
펴낸곳 | 도서출판 황금알
펴낸이 | 金永馥
선정위원 | 마종기 · 유안진 · 이수익 · 문인수
주 간 | 김영탁
디자인실장 | 조경숙
제작진행 | 칼라박스
주 소 | 110-510 서울시 종로구 동숭동 201-14 청기와빌라2차 104호
물류센타(직송 · 반품) | 100-272 서울시 중구 필동2가 124-6 1F
전 화 | 02)2275-9171
팩 스 | 02)2275-9172
이메일 | tibet21@hanmail.net
홈페이지 | http://goldegg21.com
출판등록 | 2003년 03월 26일(제300-2003-230호)

값 8,000원

ISBN 978-89-97318-04-9-03810

어머니의 완장

임정옥 시집

황금알

아르카이옵테리스
워터저
최초의 나무
신의 숲
그로 삶이 축축해졌다

언제부터인지
모래와 바람, 태양뿐인
마른 땅 꿈꾸었다

그곳에서
무화과나무 토막을 맞추어
돛이 없는 작은 배 만들며
태초의 침엽수를 탐내기도 할 것이다

이때쯤
감당 못할 별들이 쏟아지고
나는 눈이 슬픈 당나귀와
나깁 마흐푸즈 찻집
기웃거리기도 할 것이다

본래 그 자리에 있던 사람처럼

차 례

1부

2부

3부

1부

아름다운 악기
— 딸에게

아이야, 네 전화 목소리에 가득 찬 물기 때문에 지난 밤 내내 보이지 않는 별을 세다 새벽차를 탔단다. 무엇이 네 마음을 어둡게 했는지도 묻지 않으련다

엄마도 늙는구나 하던 너의 말, 나도 외할머니께 그런 말을 한 적 있단다. 세상에는 냉장고 속에서 질겨진 콩나물을 걱정하는 사소함이 여자의 발목을 잡곤 한다는 걸 너는 모를 거야. 자신의 인생 앞에 스스로 무릎 꿇을 일이 있다는 것도 아직 모를 거야

북아메리카 로키산맥 능선에 세상에서 가장 아름다운 소리가 되는 나무 있단다. 비바람 추위에 휘어져 무릎 꿇은 사람처럼 보여 원주민들은 무릎 꿇은 나무라 부른 단다. 그 나무 오직 제 온몸으로 세월 견디어냈기에 지상에서 가장 아름다운 소리를 내는 바이올린 된단다

아이야, 자신을 견딘 사람이 아름다운 악기가 될 수 있단다. 허리 굽힐 때 길이 보이고 무릎 꿇을 때 사람이 보인단다. 네 슬픔이 몸속에 나이테를 만들어 나갈 때

너도 아름다운 나무가 될 수 있다는, 그런 말을 너에게
하고 싶지는 않다. 아이야, 세상에는 힘들고 지친 사람
이 아주 많단다. 네 슬픔 달래던 그 손으로 저들의 아픔
만질 줄 아는 마음결이 아름다운 사람으로 자라나길 어
미는 기다리고 있단다

　　너는 이 세상에서 오직 하나뿐인 소중한 사람이란다

경음鯨音*의 바다
— 신라초抄

한 번 치면 바다가 엎드리고 두 번 치면 포뢰가 놀라는 신라의 종소리는 동해 고래의 소리 성덕대왕신종이 울릴 때마다 서라벌은 경음鯨音의 바다

어머니의 어머니, 할머니의 할머니 그 바다의 고래였으니 내 피의 반은 신라, 나머지 반은 고래

그 뱃속에서 배워온 입맛으로 몸이 웅 웅 종소리를 내는 날이면 고래가 제 새끼 낳고 먹던 미역으로 더운 국 끓여 먹는다

바다를 헤쳐 이만 킬로미터 오가며 살아 있는 날의 사분의 일을 회유하는 귀신고래 있듯이, 내 생의 전부를 헤엄쳐 경음의 바다로 회유하는 고래

고래 당목으로 바다를 쳐 울리고 싶은 날
그때 신라로 돌아오던 고래를 만나고 싶은 날

* 용생구자전설龍生九子傳說에 나오는 아홉 용 중 하나. 신라인은 포뢰가 고래를 만나면 놀라 큰소리 낼 거라 믿었다. 성덕대왕 신종 당목이 고래 모양인 것도 그런 연유라 한다.

오래된 말로 내 이름 부른다

내 별에 없는 문자를 받고
미로를 만난 것처럼 당황스럽다
자음만 있고 모음이 없는
파라오의 비밀문자*로 쓰인 편지
내 시간으로 불쑥 배달된
상형문자의 편지 한 통은
먼 고대의 전장에서
고향의 누이에게 보낸 편지일까
이집트 연인의 뜨거운 사랑 고백일까
독수리, 쭉 뻗은 직각의 발
뿔 달린 살모사, 똑바로 선 다리
그들의 문자로 나를 부르면
이름 속에 사는 새 두 마리 날개 파닥이며
하얀 사막으로 나를 이끄는 저녁
내가 만든 별에 나를 가둔
날지 못한 새였는지
시간과 시간의 주름살을 날개로 펼쳐보는데
먼, 아득히 먼 곳에서
누가 오래된 말로 내 이름을 부른다

* 로제타스톤 또는 라시드스톤

15

산무애뱀*

전생 아니면 그 앞쯤의 생
윤회의 뫼비우스 띠 어디쯤에서
나는 가늘고 긴 실뱀의 몸 아니었을까

나는 어울려 살기에는 몸이 차갑고
밝은 쪽보다 그늘이 늘 편안하다

맑은 이슬 받아먹고
풀숲 제 주소로 혼자 돌아가는 화사花蛇 보며

죄라는 것, 독이라는 것에 대해 생각한다

몸이 기억하는 전생의 저편
풀숲이나 돌 틈 사이 스치며 아팠을
자꾸 얼얼해지는 가슴 쓸어내리며

밤새 생각해보는 전생이라는 말
몸에 비늘 돋듯 자꾸 서늘해지는

* 산무애뱀: 독이 없는 화사

익숙하다는 것에 닿다

산딸기 열매 익은 것만 골라 따며 익다 익다, 익다는 말을 되풀이하다 익숙하다는 말에 닿았습니다

푸른 잎 뒤에 숨어 있던 말 하나 햇볕에 익숙해져 뜨거운 색으로 붉게 익었는지 열매를 따는 손이 익숙하여 나도 열매처럼 익었습니다

열매 익어 사람 익어 햇볕도 알맞게 잘 익어 맑은 눈 가진 열매가 손 펼치며 묻습니다

— 저 붉은빛은 또 어디서 왔느냐

가슴을 지나는 바람도 푸르게 왔다 붉게 익고 푸르고 붉은 단청으로 내가 익어 도착한 시간 오는 곳이 다르다 해도 가는 곳이 하나임을 알았으니

익는다는 것은 익숙해지는 것

열매 한 알이 잘 익기 위해 햇살이며 바람이 사람과 함

께 익듯, 서로에게 낯익어 익숙해지듯, 등 기대어 익숙
해지기 위해 원융圓融에 닿기 위해

바다의 사원寺院

뜨거운 말은 바다로 간다

사람들이 저마다 숨기고 사는
그리운 말도 바다로 간다

파도가 바위를 둥글게 깎아
까맣게 빛나는 저 몽돌은
아직 고백하지 못한
파도의 말인지 모른다

그대가 하루, 아니 사흘쯤
차갑고 단단한 몽돌해변에 서서
노을 지는 바다와
달 뜨는 바다를 만난다면

수평선에서 멀어질수록 간절해지고
수평선에서 가까워질수록 아득해지는
파도의 묵언을 들을 것이다

뜨겁거나 혹은 그리운 사람의 말이
상처의 흔적 다닥다닥 등에 달고 와서
바다의 사원을 짓는 날

파도가 그대를 찾아와
모든 것을 버리는 날

뜨거운 고래

낫돌고래 수백의 무리 만난 그 겨울 이후 내 집은 바다였다

떼를 지어 첨벙대던 낫돌고래 눈앞에 아른거려 이 방 저 방 왔다갔다 잠 설쳤다

꿈마다 고래 따라다니느라 나는 땅 위에서 표류하는 배였다

어둠이 한쪽 가슴 누르면 파도가 튀었다 손바닥 발바닥에서 흰 껍질의 파도가 일어났다

그 바다 다시 찾아갔지만 번번이 길을 잃고 고래 만났던 부근 헤매는 사이 내 손금 따라 검은 소금이 내려앉았다

쓸쓸함의 가장자리에 배를 멈추고 꼬리에 불을 달고 고래처럼 흩어지는 차량을 보았다

스스로 허를 찔린 사람처럼 우두커니 서 있다 돌아왔
다 그런 저녁이면 오래 앓았다 파도에 떠밀려온 해파리
가 손발에서 일어났다

껍질을 뜯어내다 검은 점 하나 솟구쳤다 뜨거웠다 낫
돌고래 떼가 내 손금에 또 다른 바다의 길을 내고 있었다

개미

울주 가지산 쌀바위 오르는 가파른 길
발에 차이는 돌 아래 쌀알 몇 흩어져 있다
자세히 들여다보니 개미의 투명한 알이다
저마다 쌀밥 같은 흰 알 하나씩 입에 물고
개미는 제 생명을 바쁘게 움직이고 있다
나는 그 알 하나 집어 옮겨주려 했을 뿐인데
강력한 거부 의사로
내 손등 타고 올라와 꽉 깨물고 돌아간다
무리 속으로 돌아가선 묵묵히 제 길 다시 간다
저 작은 몸뚱이로도 지켜야 하는
제 우주가 있다는 건 눈부시다
몇 마리나 될까 세어보다 침묵한다
개미에게 수數라는 건 욕심 많은
사람의 기호일 뿐
개미는 개미다, 그 자체로 존엄하다
줄을 서서 행진하는 저 줄임표
천천히 그러나 항상 앞으로*

* 베르나르 베르베르 소설 '개미'에서 인용

잎들이 먼저 흔들렸다

비에 젖은 나무가 술렁거렸다
알아들을 수 없는 그들만의 예언
잎이 팔 내밀어 손을 흔들었다
지켜보던 창이 덩달아 덜컹거렸다
앞산이 앉았다 일어섰다
차가운 물 한 대접 마셨다
서랍 깊숙이 넣어 둔 꽃씨 귀퉁이가
그날 밤 내내 사각대는 소리 들렸다
키 낮은 잎이 끙끙거리며
여린 팔로 지구를 들어 올리려
새파랗게 서 있는 꿈 꾸었다
새벽은 불안한 눈을 흔들며 다가왔다
사물의 그림자 허둥대며 깨어났다
꼭꼭 숨었다가 나온 개미 몇 마리
무표정으로 내 옆을 바삐 지나갔다
작은 차상에 밥 차렸다
티브이 속에는 바다 건너온
지진 소식이 한창이다
말없이 혼자 아침밥을 먹었다
비에 젖은 나무가 술렁거렸다

어머니의 완장

종갓집 맏며느리로 평생 시집살이하신 내 어머니, 햇볕 좋은 날이면 볕도 아깝다며 홑청 뜯어 이불 빨래하셨다

폭폭 삶아 빳빳하게 풀 먹이고 자근자근 밟아 다듬이질해놓고 싸리나무 잎이 노랗게 물드는 앞산 바라보며 외가에서 배워온 찬송가 낮게 부르셨다

아이는 행여 불심 깊은 할머니 들으실까 안채 대문에 귀 대고 서서 어머니 노래 끝나길 콩닥콩닥 뛰는 가슴으로 기다리곤 했다

기와가루 묻혀가며 반질반질 닦은 놋그릇 그 빛이 서산에 걸린 놀빛보다 고와지면 낼모레 제사에 아버지 오신다고 어린 손가락 접어가며 좋아했다

웃자란 봄이 성급한 여름이 되고 가을이 남루해져 흰 옷을 껴입는 동안 하루 세 끼 불 피워 눈물 밥 지어내던 어머니 시집가는 막내딸에게 전기밥솥 먼저 사주셨다

그 아이 두 아이의 어미가 되고 떠나보내는 일이 더 익숙해진 나이 되어 문득 주위를 둘러보니 어머니에게서 내 팔로 옮겨진

낯익은 완장

봄눈

삼월 봄눈은
나비만신萬神 춤
작두를 타고 와서
꽃잎처럼 흩어진다

피면서 지는 꽃
지면서 피는 꽃

좁은 시누댓잎 위를
사각사각 걸어오다
돌아보면 이내 지고 없다

꽃눈을 깨우고 가는
박수拍手 한 번의 사랑

잠시 잠깐
이승에 안겼다
그림자도 없이 왔다가는
저 뜨거운

한 박자拍子

초저녁별 뜰 무렵

작은 법당이 외등처럼 떠있는
하늘 아래 첫 절집, 뿌연 불빛 아래
조막 강아지 저녁 손님 반가운지
풀쩍 풀쩍 튀어 오르는데

걷었던 소매 내리며 마중 나오는
그녀의 짧은 머리칼에도 어스름 내려앉아
바람에 날아가는 박주가리 빛을 닮았는데

탱화도 없는 가난한 법당에서
빛바랜 자식 사진 안은 노인의 굽은 등
이승과 저승의 경계에서
행여 어미 소리 알아듣고 달려올까
서른 해 이름 한번 부르지 못한 채
이 악물고 절하는데

등이 활시위처럼 휘었다 부르르 뜰 때
아픔처럼 퉁겨져 나오는
초저녁별 하나

새처럼 앉다

검은머리물떼새 한 마리
강가 흰 모래톱에 앉아 있다
풍경이 된다는 것은 혼자가 되는 것
새는 무리에서 떨어져 앉았다
강은 팽팽하게 흘러가고
그 위로 낯선 새들의 이름이
푸른 포물선을 펼치며 날아갔다
강가엔 붉은 양산을 든 자운영
소풍 길 여학생처럼 산들어지는데
덩달아 길을 나서는 풀꽃들의
싱싱한 웃음소리 흐트러지는데
날개 펴는 아득한 소리
등 뒤에서 듣는다
또 한 무리 새들이 일어서
깃발처럼 날아간다
길은 원근법으로 지워지고
지워지는 길을 따라 저녁이 온다
더는 아무것도 날지 않는 시간
나는 강둑에서 일어나 두어 걸음 옮겨
짙은 어둠 곁에 새처럼 앉았다

박하 薄荷

돌무덤 아래 꼭꼭 숨어버린
그를 찾아 숲으로 가는 길
빛의 낮은음을 계단으로 밟고서
그를 찾아가는 시간
온몸 여기저기 생살을 찢고
숨어 있던 날개가 돋아난다
숲이 깊어질수록
날갯짓 뒤편의 상처가
잊힌 유적처럼 바스스 부서진다
이제 그가 잠에서 깨어나면
새가 되지 못해 슬프고
숲이 되지 못해 안타까울 것이다
부활절 저녁이 등불 밝혀
마을 가득 찬송이 울려 퍼지고 있다
돌아가고 싶은 그의 몸짓이
바람을 부르고 있다
볼 수 없고 만질 수 없는
박하 향으로 숲이 일렁인다
그림자 잃은 열네 살 소년이
산모롱이 돌아 뛰어가고 있다

사루비아 다방

그를 사루비아 다방에서
만나기로 했지요

꽃밭에 줄지어 서 바스락대던
주홍빛, 아니 진홍빛이었나요

허기질 때마다
사루비아 사루비아
그 꽃 찾아갔지요

그곳엔 그런 꽃 없었지요
어떤 이는 이곳에 피는 꽃 아니라 하고
어떤 이는 벌써 사라진 꽃이라 했지요

그렇게 그 다방 찾지 못해서
그렇게 그를 잊어버렸지요

먼 훗날 그 꽃 옆에서
우연히 그를 만났지요

그게 무슨 꽃이냐고
무심한 척 물어보았지요

그는 옛 약속 까맣게 잊은 듯
— 샐비어, 샐비어 꽃이에요

. . . .
나는 사루비아라 부르고
그는 샐비어라 불렀던 꽃
붉어서 내겐 아픈 꽃

제갈 순이

남편 서랍 속 그 여자 살고 있다
노란 줄무늬 셔츠 입은
이를 드러내고 환하게 웃는 여자
남편은 찔레꽃 같다 하고
나는 고흐의 해바라기 같다는 여자
전화가 밤늦게 울린다
남편은 친구들 근황 들려주기도 하고
늘어나는 흰 머리카락 숫자를 알려주다가
그러다 대화 끊어지면
아픈 건 아니지? 말을 멈춘다
전화 걸려온 날이면
남편은 오랜 시간 서랍을 정리한다
서랍 속에서 불어오는 바람은
언제나 현재에서 과거로 분다
술에 취하면 박자 없는 노래 주인공인 여자
공과대학 유일한 여학생이었다던 순이
제갈 순이는 남편의 오리 엄마
남편은 스무 살부터 지금까지
그 여자 따라다니는 어린 오리다

충무로 귀퉁이에서 된장국 끓여 밥 판다는
아픈 소식 전해져 왔을 때, 남편은
그해 여름 발 동동거리며 보냈다
가끔 남편을 꽃 멀미나게 하는 여자
우리 집에 놀러 오겠다고 약속하고
한 번도 오지 않은 여자
그 여자 제갈 순이

2부

달맞이꽃으로 빗장 걸어두어
— 무섬에서

제 안의 짠물 길어 올려 소금 굽고

보름이면 사향노루에게 소금 지워
소백산 넘어가는 동쪽 물길 있었다

바다가 여기서 얼마나 먼지 몰라
그냥 그대로 멈추어 서서
흐르는 물의 섬이 되었다

순한 물은 물가에서 사나흘 쉬었다가
다시 천천히 돌아나가고

물이 열리는 곳에 문 만들고
달맞이꽃으로 빗장 걸어두어

물길 따라 꽃 피고
물길 따라 꽃 진다

꽃 뿌리에 스며드는 물처럼

흐르는 물이 길을 만들어
꽃의 무게로 섬이 흘러간다

때죽나무 꽃향기 깊어

머리 숙이고 피는 꽃
떨어져 하늘 바라보는 꽃
때죽나무 꽃그늘 아래서
나는 상선약수上善若水의 물길로 누워
흐르는 꽃 따라 하늘로 흘러간다
내가 떠나온 사람 자리나
별이 찾아가는 하늘 자리나
상처로 기다리는 자리 자리마다
문신처럼 새겨진 그 꽃 피었다가
후드득 후드득 꽃 지고 나면 나는
가지마다 푸른 방울로 남을 수 있을까
바람이 허공을 딸랑딸랑 흔들면
바람 타고 돌아오는 하늘 강 있어
때죽나무 꽃 따라 피어있는 흰 별들이
은빛 물고기 그림자 따라 오는 저녁에
꽃보다 먼저 도착한 향기
꽃향기 깊다

적요寂寥

풀뱀 한 마리 길을 만들며 갑니다
바삐 어디로 가십니까
젊은 비구 나무집게로 그 길을 들어
방금 비 그친 풀숲으로 옮겨놓습니다
끊어졌다 이어지는 굽은 길
또르르 몸 말아 길을 내다
나를 빤히 보는 투명한 뱀의 눈
뱀에게도 인연은 있나 봅니다
잠시 머뭇거리던 뱀 다시 길을 갑니다
풀 속으로 길을 내는 소리
풀잎에 맺힌 종소리 흔들며
한줄기 찬바람이 지나갑니다
똬리를 틀고 매달린 물방울처럼
잔뜩 긴장했던 우주가
둥근 항아리 속에 소리 없이 떨어집니다
내 안이 이내 적요寂寥해집니다

이팝꽃 발자국

이팝꽃 하얗게, 새하얗게 진다고
봄밤 봄밤 서럽게 운다
푸른 못자리 찰랑거리는 물 위로
바람은 서늘한 문채文彩를 만들고
이팝 이팝, 이팝꽃 떨어지는 소리에
이팝나무 배부르게 꽃 피우던
마을로 가는 길이 보인다
먼지 묻은 낡은 가방 툭 털어 둘러메고
발이 먼저 길을 내는 시골길을 걸어가다
빗장 지른 시간의 문 열고 들어서면
이팝 이팝, 주술처럼 중얼거리는
내 입술 가득 꽃향기 내려앉는다
이팝 이팝, 또 어디선가 꽃이 지는지
오월에 사락사락 눈 내리는 소리
그 눈 밟고 가만가만 돌아오는
하얀, 새하얀 발자국

쌀로 만든 공책

쌀로 만든 공책 있다
쌀농사 3모작 하는 나라에서는
쌀을 으깨어 얇게 펴
불에 익히고 햇볕에 말려
종이를 만든다
그 종이 쌀 끈으로 묶어
쌀 공책 만든다
뜨거운 햇살, 뜨거운 처녀가
잎 넓은 나무 아래서
땀 젖은 검은 손
바삐 움직여 만들었을 쌀 공책
마음에 새길 양식 같은 말씀들
마지쌀에 받아 적는다
공책에서 잘 익은 밥
아시아의 먼 마을 어디에선가
저녁 쌀밥 익는 맛있는 냄새 난다

비손

꼭두서니 빛이 감아 오르던 하늘
그 붉은 놀빛 이유 없이 서러웠는데

그런 날 할아버지 고무신 한 켤레
집 앞 냇가에 씻으러 나가곤 했는데

짚수세미로 슬슬 문지르면
쌀뜨물 같은 물이 흐르고
저 흰빛 어디에 숨어 있었을까
흰 물이 흘러나와 옥빛이 내려앉도록
그 빛 찾아 씻다 고무신 얇아져 갔는데

풀을 뜯다 돌아오는 소떼 소리에
붉은 놀도 하늘 저편 집으로 돌아가고
어스름 깔리는 마당으로 들어서면
어둔 얼굴로 흰 고무신 받아 들던 내 할머니

그런 날 새벽잠 깨면
할머니 우물가에 정화수 떠놓고

들바람 들지 않게 비손하시곤 했는데

나는 하늘빛 훔치려던 죄인 같아서
베갯잇에 얼굴 묻고 몰래몰래 울곤 했는데

이제 할머니도 할아버지도 없는 빈집
마루 밑에 가지런히 놓인 흰 고무신
누가 하얗게 씻어두었을까

고개 숙여 두 손 모으는데

손이 피우는 꽃

가난하고 배고픈 손이 수놓은
아름다운 꽃
여행길에 사온 블라우스
수줍게 피어 있는 이국의 꽃
아시아의 일하는 손이
한 땀 한 땀
피워 올린 꽃
그 꽃은 눈만 반짝이는
어린아이의 남루한 저녁밥
아픈 남편의 하루치 약값
바늘에 상처 입은 손보다
짊어진 삶의 굳은살이 더 아픈
라오스 여자
손이 피워낸
거룩한 꽃밭

목화, 꿈望, 꿈夢

— 아가, 하늘에 사람이 산단다
하늘 부부도 가끔 싸운단다
큰 독 깨어지면 천둥소리 나고
그 물 쏟아져 비 내린단다
할머니 이야기보따리 풀어놓으면
하늘에서 땅에서 구름 꽃이 다투어 피어났다
목화송이가 하늘 꽃으로 알았을 그 무렵
잠자리 날개같이 얇은 목화꽃
도르르 도르르 말려 떨어지면
하늘에서 떨어지는 꽃잎인 줄 알았다
그런 날 목화 다래 열매 수북하게 맺히면
요 달콤한 맛도 하늘에서 왔겠지
목화밭에 숨어 배불리 꿈 먹고
목화송이로 피어 하늘 오르는 꿈 꾸었다
— 아가, 단물만 빨아 먹고 솜은 뱉어야 한다
솜을 뱉어야 날개 달고 하늘로 오른단다
할머니 몇 번이고 당부하셨지만
몰래 몰래 넘긴 목화솜 많았다
날개가 되지 못한 꿈[望]이

배 속에서 머물다
울컥울컥 목 안을 틀어막는 날 있다
타래져 돌 돌 말린 꿈[夢]이
목을 아프게 쿡 쿡 찌르는 날 있다
꿈이 송이채 뚝 뚝 떨어지는 날 있다

설유雪有*

물속에 두고 온 옛집 꽃밭에
사륵 사르륵 봄눈 나리겠다
사월이 속옷 차림으로 걸어와
폭설로 내려앉는 꽃이여
잊는다고
다 잊은 건 아니지요
미안해서, 참 미안해서
마음 밭에 모두 옮겨 심은 꽃
피는 밤, 주르륵주르륵 눈
내리는 봄
밤, 하얀 봄
밤

* 설유 : 능수 조팝 또는 가는 조팝

반점

바람의 물결 따라 흔들리다
내 별에도 꽃이 질 때

시간이 만드는 무늬는
사람의 몸에도 무늬를 새긴다

지난 세월, 이 꽃
저 꽃 잘라 먹은 원죄가
내 속에서 자라고 있었나 보다

그 죄 피를 타고 돌고 돌다
봄이 오는 것을 어찌 알았을까

줄기를 내고 잎을 피운다

꽃의 무늬 내 몸에 받아
나란히 나란히 피어나는데

피는 꽃보다

지는 꽃이 환한 저녁

내 몸에 그 꽃 그림자
찬 그늘처럼 짙게 돋아난다

새벽 목련

성^聖목요일의
하얀 미사포 같은

어머니 벨벳 치마 사이로
언뜻언뜻 보이는
포플린 흰 속치마 같은

시계꽃*

온몸이 시계인 꽃 있다
해를 따라 째깍째깍거리며
파라솔 쓴 종려나무 끝을 향해
시계를 찬 제 손목을 흔든다
— 지금 몇 시인가요?
— 2시 25분
언제나 그 시간에 맞춰 피는 꽃
오늘도, 내일도
오후 2시 25분을 가리키는 꽃
꽃의 시간에 맞춰
바다의 옆구리가 열리고
꽃의 시간 따라
수평선에 달이 뜨고 별 뜬다
여름 햇살이 뜨거운 의자로
소금바람이 불어온다
흘러가고 나면 바삭바삭 부서지는 시간
발밑에 흩어진 분과 초가
모래알처럼 밟힌다
시계꽃이 바람개비를 돌린다

시계꽃이 돌아간다
해를 따라 돌아가던 푸른 섬이
2시 25분에 맞춰 멈춘다

* 시계꽃 : 제비꽃 목 시계꽃 과의 여러해살이 풀.

빗금 긋다

겨울비는 끝이 뾰족한 침엽수

사흘째 스산하게 스치고

화석의 시간을 생각한다

내 몸에도 저와 같은 빗방울 있었다

빗물 내리는 유리창엔 얼굴이 젖고

그냥 두면 편안한 상처에

누군가 자꾸, 자꾸 빗금을 긋는다

솔숲에는 푸른 물 있지요
— 신라초

천 년을 제자리 돌다 등 굽은 솔바람
남산 용장골 깊은 등 뒤에 숨어
서럽게 우는 밤 있었지요

장항리 빈 절터에서
소금 지러 서라벌로 가는
동해 해국海菊 만났지요

불국사 긴 회랑 걸어와
탑돌이 하는 가릉빈가迦陵頻伽 만났지요

첨성대 밟고 하늘로 간 별은
바람꽃으로 피어

꽃은 억겁億劫 속에서
한 번 피는 꽃이면 그걸로 족한데

솔숲 우물에 언뜻 스치는 수막새의 얼굴은
누구의 웃음인지

네 이름 부를 때마다
내 입술에 솔숲 푸른 물 묻어나지요

새벽이 올 때까지

새벽이 밝아오는 시간에
어둠의 등 다독이는 손을 본다

한 발짝씩 다가오는 미명이
부드러운 손길로 꽃의 잠을 깨울 때

소리도 없이 문을 열고
납작납작 다가오는 햇살

나는 손가락 하나만큼씩
밝아지는 빛으로
거미줄 같은 내 길 읽는다

길은 오래전부터
어둠에 길들어 있어

하루가 걸어가는 거리는
그 길이만큼 다시 시작하는
시간의 몸이 있어

그 몸이 새벽을 만든다

잉카에 들다

이방인에 떠밀려
엉겁결에 빠져나온 서울역, 다른 출구
문을 열고 나서자 잉카로 들어선다
지하 돌계단 입구에서
노래하는 잉카의 후예는 잠시 잠깐 만에
코리칸차의 황금정원을 펼쳐 보인다
해의 나라 사람이 부는 샴뽀냐* 소리
잉카의 노련한 석수장이가
여덟 각 돌 아귀를 단숨에 쪼아 맞추듯
민첩한 손놀림으로 복원한 제국
내가 잉카에 초대받은 사이
나에게서 비워지는 사이
발이 바쁜 서울의 시간이 황급히 멈춘다
놀이 빌딩 숲을 황금 벽으로 만들고
초저녁 달이 그 황금 계단을 밟고 떠오른다
불을 밝히고 불어오는 잉카의 바람
서울이 잉카에 들다

* 팬플룻 연상시키는 안데스 지방의 관악기

57

3 부

삐딱함에 대하여

욕심이 언제나 화근이다
종일 책 욕심에 끼니 놓친 늦은 저녁
따뜻한 물 한 잔 마시고 말걸
된장국 끓이려다 식탐이 발등 찍는다
감자 썰고 호박 고추 썰어두고
무딘 칼에 힘주어 파 썰다
무거운 나무도마 쿵 떨어뜨렸다
상처 감싸 쥐고 주저앉는데
아프다는 말 대신 후회가 온다
그건 좁은 공간에 도마 삐딱하게 놓은
성급했던 내 탓, 살면서
어떤 일이든 후회하지 않으려 애썼지만
두 눈 뜨고 발등 찍는 일 많았다
삶에 대책 없이 구멍 뚫린
자꾸만 푹푹 빠지는 블랙홀 많았다
그럴 때마다 이건 어디에서 온 벌일까
어느 물건과 물건 사이에
마음 삐딱하게 놓아둔 것일까
왼발을 끌며 병원 가는 길

현관에 어지러이 흩어진 신발부터
가지런히 놓아둔다.

달걀 수목장

냉장고 안에 오래 넣어둔 달걀로 달걀찜 만든다 처음에 한몸이었던 단단한 고집을 차갑게 무장해제하고 안과 밖의 경계 잃은 껍질을 깨 나무젓가락으로 휘젓다

미래에서 온 붉어지다가 만 눈알 보았다

마른 내 빈속을 위해 이 아침, 생명 하나 쳐서 죽인 것이다

손끝에서 가지 쳐 올라오는 통점 내 마음에 바오바브나무 거꾸로 서고 풀어진 주검 들고 나무 앞에 선다 어느 나무 밑에 묻어주어야 저 어린 생명 다시 건너와 꽃 피는 날 어미 따라 봄나들이 갈까

나의 죄를 오동나무 밑에 묻는다

나무가 몸으로 달걀의 한 생을 기록하며
묘비명인 양 직립으로 솟아오른다

소금 꽃
— 소금사막에서

허공 베며 내려앉는
수직의 노래를 듣는다

해의 길을 걸어가다
달의 길을 따라가다
궁금한 듯이 피었다가
미련 없이 제 몸 던지는 꽃

하늘과 꽃 사이의 노래
꽃과 땅 사이의 슬픔을
팽팽하게 당겨 죄는 손 있어
내 심장의 열두 현이 운다

함께 울어줄 눈물
내겐 없는데, 저 꽃
또 얼마나 넓은 바다를 가졌기에
땅에 떨어진 노래의 손가락,
손가락이 되살아나
텅 빈 저 수평선을 뜯는지

만지면 눈물이 서걱서걱
소금 덩어리로 묻어나는

현지 시각 오후 4시 52분
소금 꽃, 핀다

여름 꿈

부처 찾아간 산사
부처는 아니 계시고 천둥 번개가
한바탕 야단법석 놀다 간 오후
절집 마당을 푸른 화선지 삼아
그냥 쭉 ㅡ, 바르게 그으면 길이 될 것을
어린 실뱀 한 마리 빗살무늬 그리며 간다

저 푸른 고집의 길을 따라
길 잃은 내가 길을 간다

지금 어디로 가느냐!
번쩍, 이마를 때리며
다시 여름비 쏟아지고
빗방울 속 빛나는 오색의 빛, 빛
나도 저처럼 둥근 처소로 길을 내고
긴 잠이 들어도 좋겠다는 여름 꿈

산사 돌부처들과 함께
비 맞고 서서 꾸는 꿈.

낡은 색色에 들다

여름 선방 앞에 놓인
낡은 고무신 한 켤레
사람 사이의 바다를 헤쳐 와
무거운 닻을 내린 듯 고요하다
저 배 얼마나 거칠고 험한
인연의 고해를 떠돌았기에
흰색마저 빠져나가 무명에 가까울까
내가 신은 이 신발은
어떤 말씀의 꽃밭 걸어가야
형형한 색 얻을까
또 어떤 묵언의 가시밭 지나와야
그 색 다 지우는 공에 이를까
차안의 고통에서 피안의 초연까지
맨발로 걸어가야 할 길 남아 있어
무거워지는 신발 벗어 던진다
저 낡은 색에 들기엔
부끄러운 맨발로
기우뚱기우뚱 흔들리며 걸어간다

몽골 청년 가나 칸

분홍빛 도는 흰 뺨 가진 청년 보며
나는 흰 말의 갈기를 떠올렸다
바람 가르며 초원을 달리는 백마처럼
아침 햇살 이마 가득 얹고 온 청년은
자신의 이름이 가나 칸이라고 했다
울란바토르에서 서쪽으로 가다 보면
부모와 동생 있는 고향이 나온다고
칸의 후예가 내게 자랑처럼 말했다
위로 올라가면 우리는 형제라며
손가락 하나 세워 슬며시 웃을 때
마음이 먼저 국경 너머 대평원을 달려간다
고향에 돌아가면 호프집을 내고 싶다는
산업연수 와서 배운 에어컨 설치 기술보다
그게 더 큰 돈벌이가 될 것 같다고
법학을 전공했다는 몽골 청년 가나 칸이
제 꿈의 보따리를 풀어놓는다
칭기즈 칸이 동방 정벌 때 보았던
무지개 땅 솔롱고스의 땅에 와서
신기루 같은 꿈을 꾸는 칸의 후예

몽골 청년 가나 칸이 돌아가고
칭기즈 칸의 꿈이 부서져 버린 자리에
초원이 사막으로 변해가는 울음소리 들린다
그 사막에서 모래바람이 불어온다

아파트 유목민

우르르 우루루루
한 무리 사람들이 달려온다
이른 아침부터 말발굽 소리를 내며
오래전 초원이 사라진 도시에
오아시스를 잃어버린 지 한참인 사막으로
모래바람 일으키며 온다
어제는 아홉 살 사내아이가
목에 수인번호 같은 열쇠를 달고
제 머리 위로 10칸을 세며 사라졌다
오늘은 숫자가 만드는 바코드의 미로 속에서
알츠하이머 앓는 노인이
잃어버린 게르의 꿈과 함께
유령처럼 서성거린다
바람도 길을 잃는 신도시, 새길 위로
동에서 서로, 남에서 북으로
콘크리트 바벨탑은 끝없이 세워지고
자신의 숫자를 찾아서
아파트 유목민 온다
숫자의 문을 열고 들어가

이름 대신 숫자로 남는 사람들
내일이면 또 다른 둥지를 찾아
우르르 우루루루 무리무리 떠나간다

레드카드

급브레이크처럼 통보되는 지인의 부고
죽음은 그렇게 불시에 레드카드를 내민다

누구에게나 죽음이 건너가는 바다 있어
놀라 멈춰선 내게 바다 한쪽이 왈칵 쏠린다

저기 떠난 사람과 여기 남은 사람

우주를 떠도는 별과 더 먼 별의 거리도
파섹*이란 자[尺] 들어 잴 수 있다는데

뜨거운 눈물과 차가운 눈물 사이
잴 수 없는 거리가 있다니

어이! 내 어깨를 툭툭 치며
그가 레드카드 내밀 듯

누구? 무심히 돌아보는 너에게
내가 레드카드 내밀 듯

한 점으로 모였던 모든 자연법칙이
와장창 요란한 소리를 내며 깨어지는 날.

* 우주 행성과 행성간의 거리를 재는 단위

이름의 존재론

늘밭할머니 이름 누런 봉투에 담겨왔다
죽어 조필례란 이름으로 찾아왔다
열아홉에 시집와 스물하나 나이 혼자되어
남편의 전처 택호 물려받아
늘밭댁이란 이름으로 예순 해 살았다
그녀 죽어서 비로소 찾은 이름은
창녕 조曺씨 필례必禮, 한 번도
만난 적 없는 이름을 부고에서 만났다
존재가 숨어 있지 않은 것이 진리라고
마르틴 하이데거는 말했지만
이름 뒤에 존재를 숨기고 사는
이 땅은 얼굴 없는 은자隱者의 나라
이름 뒤에 자신을 감추고 사는 나라
때로는 이름 뒤에 숨은 진짜를 만나고 싶다
내 아버지가 아닌 남자 임봉재 씨를
내 어머니가 아닌 여자 이정현 씨를

연극촌에서
— 디오게네스의 '수업'

아이들 떠나고 운동장만 남은 시골 분교
늙은 플라타너스 수업 시작종 기다리고 있다

쓰다만 페인트 통 어지러이 널려 있고
한낮 마른 햇볕 가르는 톱질 소리 요란하다

연극이란 옷을 입은 게릴라가 점령한 교실
배우는 가슴을 드러낸 채 죽어 있다

폐교의 주인 파리떼는 윙윙거리며
죽은 배우의 달콤한 피 위에서
축제처럼 마냥 즐겁다

— 설명 없고 주장 없는
그래서 마음대로 자유롭게 해석하라

배우는 근엄한 선생님처럼 칠판 앞에 서서
부조리한 수업을 알 수 없는 곳으로 이끈다

열정이 사람의 피를 다시 붉게 만드는데
빈 복도로 지각한 꼬마가 까치발을 들고

살금살금 걸어오고 있다

붉은 눈

여름비 쏟아지는 추령고개 닭장차 뒤를 따라 느릿느릿 달린다. 철망 밖으로 대가리 내밀고 소낙비 세차게 맞는 중닭의 무리 동그란 눈으로 신기한 듯 밖을 살핀다. 철망 안쪽에 무리지은 닭들은 닭장차 고개 하나 넘을 때마다 퇴화한 날개 펼쳐보지 못한 채 이리 저리 나동그라진다.

내 유리창에 빗물 쏟아져 내려 윈도 브러시 사이로 잠깐 잠깐씩 마주치는 수십 수백 개의 저 붉은 눈. 나도 저런 눈빛 본 적 있다 그 해 닭장차에 실려 갔던 그의 청춘도 저 붉은 눈빛 뒤편으로 사라졌다. 점점 빗방울 굵어져 내 심장에 구멍 숭숭 뚫리는데 며칠 전 먹은 치킨 샌드위치처럼 차와 차 사이 닭장차 끼어 고개 넘는다.

사람이라는 게 부끄러운데 좁은 고갯길 추월선은 없다. 차 안의 선한 동행들 저걸 어째, 저걸 어째 고개 돌리고 말이 없다. 돌아와 나물 비빔밥을 먹는 저녁 텔레비전은 내일이 초복이라 한다

시詩의 새벽

이윽고 하늘에서 별이 진다
은하의 강기슭을 떠돌던 별
검은 숲 위로 떨어져 내리던 날
나는 심장 소리 낮추고
수천 년 만에 조용조용 돌아오는
별의 발걸음 소리를 듣고 듣는다
별이 부서져 모래가 되고
그 모래 빛나 바다가 푸른 시간
어쩌면 영영 돌아오지 않을
푸른 별의 안부 묻는다
별이 광년을 날아 내게로 오는
그 길고 긴 시간 동안
내가 할 수 있는 일이라곤
쥐똥나무 울타리 낮은 집에서
개밥바라기별에 밥을 주는 일
서걱대던 시계도 졸고
별 하나 늙어 땅으로 떨어지는데
누구의 시가 저리 간절한지
어둠의 옷을 벗고 뜨거워지는
새벽의 시詩, 시의 새벽

주홍 꽃물

유월을 조심하라던 말
두 눈 조심하라던 점괘 믿지 않았지요
울 밖에 심어야 한다는 말 잊고
능소화 한 그루 중정 안에 심었지요
줄기와 줄기 서로 끌어안아 길 만들고
꽃 손 내밀어 마디마디 하늘 열어
능소화, 불 밝혀 환하던 밤마다
어머니의 창을 넘어가는 꿈 꾸었지요
햇살 안으로 불러들인 주홍의 주술
꽃 속으로 내가 빨려 들어가는 것이었지요
노을 속에서 내가 지워지는 것이었지요
어머니 성경 읽다 돋보기 밀어 올리며
빙그레 나를 보던 꿈 깨면
후드득후드득 빗방울 방문 두드리고
문 열면 능소화 곁에
어머니 서 계실 것 같았지요
꽃 지는 것이 괜스레 서러운 밤이 있어
유월 내내 내 눈에 주홍 꽃물 들었지요

헐렁한 신발

오동꽃 오동꽃 연보라 파도치는 저 등불 좀 봐

다시 사월 오고 오동나무 잎사귀 아래 강물 타고 오르
는 은어銀魚처럼 힘차게 솟구치면 닿을 듯, 닿을 듯

오월은 가고 오동꽃 뚝, 뚜 욱 떨어져 보랏빛 그림자
밟고 가는데 꽃을 비켜 조심조심 따라오는

어머니 헐렁한 흰 고무신 소리

그늘

성당 앞 그 친구의 집
자목련 피어 지붕이 붉다
철컥, 대문이 닫히면
마당도 함께 닫히던 집
햇빛이 십자가를 등에 지는 시간
오랜만에 그 집 찾아와
문 앞에서 서성거렸으나
집안에선 기척이 없다
오렌지 분말로 주스 만들어주던
친구 어머니는 살아 계실까
오래된 집과 어머니와 성당을 두고
먼 길 떠난 친군 외롭지 않을까
미사종이 울리고
눈물 그렁그렁한 저녁이 내려온다
죽은 친구의 살아 있는 아내가
검은 성경책을 들고 집을 나선다
담장 밑의 그늘이 일어나
그 뒤를 따라간다

오월 근처에

산 벚꽃 화르르 흩어져 내린다
사월 지나고 오월로 부는 바람에
한 잎 남김 없이 떠나가는 꽃잎을 본다.
온몸 뒤틀려 쩍 갈라진
늙은 갯버들 아래
하늘 구름 향해 손 흔드는
키 작은 괭이밥 꽃의 노란 우물 만진다
찔레는 새순으로 연신 단물 실어 나르고
오래지 않아 꽃은
어찔어찔 피어 가시 끝에 앉으리라
산은 신록에서 녹음으로
어슬렁어슬렁 걸어간다
계절은 감으면 감을수록 푸르러지는
시계를 천천히 돌린다

4 부

명품거리의 태극기

유행과 패션의 거리
명품 거리에서 만난 대한민국 태극기
작은 손수레에 실려 나온 태극기
월드컵 끝난 지 얼마 되지 않았는데
사람들은 벌써 관심 없이 지나친다
내일은 태극기를 달아야 하는
거룩한 조국의 국경일이지만
몇 시간째 하나 팔리지 않는 태극기
한 개 오천 원, 세 개 만 원
두 개 사면 덤으로 하나 끼워주는 태극기
일제강점기 36년 품에서 품으로만 전해졌던
목숨같이 소중했던 할아버지의 태극기
한국전쟁에서 꽃처럼 산화한 당숙의
피묻은 수의 된 태극기는 어디 갔는지
뉴욕 밀라노 도쿄에서 유행이 직수입되는
21세기 패션 명품의 거리에서
미니스커트로 응원용 머릿수건으로
잠시 잠깐 패션이 되기도 한 태극기
국경이 허물어지고 모국어가 사라지고

페르가모 까르띠에 루이뷔통
화려한 패션만 오가는 명품거리에서
초라하고 슬픈 태극기가 옹기종기 모여
대— 한민국 외치며 호객하고 있다

고래의 손 잡다
— 고래 탐사선에서

처음은 번쩍 빛으로 왔지
바다를 장판지처럼 말아 올리며
불쑥 찾아온 고래, 밍크
예고 없는 만남은 이렇듯
기다림보다 한 발 먼저 오지
수런거리던 햇살 부근으로
고래는 검은 등 세워 유영하다
흰 배를 손수건처럼 흔들어 보이고는
신기루처럼 사라졌지
울산 정자항 동남쪽 15마일
수심 깊어 검푸른 바닷속에
제 집을 지어 사는 그 고래는
생이 힘겨운 듯
거친 등 가지고 있었지
그 등으로 넓이 깊이 알 수 없는
거친 물살 밀어내며 살아왔을 것이지
꿈꾸는 흰 가슴으로
차가운 바다 헤엄쳐 왔을 것이지
고래, 내 속으로 성큼 들어와

제 손 내밀어 나를 바다로 이끌던
그날

무당벌레

까치발로 스미는 가을 햇발 사이
무당벌레 한 쌍
붉은 사랑 지고 내게로 왔다
작은 물방울 무게 같은 저 사랑이
얼마나 뜨거운 일인지
그 답은 알 수 없지만
사랑이란 온몸으로 다가와
살에 살을 비벼대는 일이어서
무당벌레가 지고 온 사랑이
허공의 무게로 흔들린다
저처럼 작은 벌레의 사랑도
하나에 하나를 더하여
새로운 하나로 눈뜨는데
서로 등지고 서 있는 우리
돌아서서 서로 마주 볼 일이다

붉은 순금純金
— 신라초

황룡사 사라진 지붕에 가을 햇살 좋은 날
잘 익어 그냥 두기 아까운 금빛에
붉은 고추 따서 말린다
붉은 것 더 붉게 말리는 것은
빛에 소리 더하여 금을 얻는
서라벌의 연금술 같은 것
더 붉어져서는 더 무거워져서는
일 그램도 얻을 수 없는 붉은 순금
눈빛으로 흔들어 보면
적 비단을 말려 금 만드는
붉은 순금 소리
고추 씨앗 속에서 살아 붕붕거리는
불꽃비단벌레 소리 들린다

안부
— 신라초

신라의 꽃들이
월성 찾는 햇발 따라
꽃구경 가는 헌강왕 5년 봄날
꽃 무동 타고 가는
눈에 익은 환한 비단신

삼국유사 행간에
슬쩍 끼워 남긴
천 년 전
안부

한 줄

찔레꽃, 붉은 찔레꽃

붉게 피는 찔레꽃
귀하디귀한 꽃 만났지요
신라의 지어미가 바다 너머로 떠난
지아비 기다리던 치술령 산마루에
꽃 붉게 피어 있었지요
붉은 찔레꽃 하염없이 바라보다
사람이 사람을 기다린다는 것은
혼자서도 슬몃슬몃 붉어지는 일이라 하겠지요
지천으로 핀 흰 찔레꽃 무리에서
적막히 홀로 피는 일이라 하겠지요
천 년을 한 자리에서 붉게 맺히는 일이
어찌 꽃만의 슬픔이라 할 수 있겠는지요
높은 곳까지 걸어온
가시길 맨발을 생각하면
산다는 건 그저 기다리는 일이겠지요
홀로 기다리는 꽃처럼
발부터 먼저 붉어질 일이겠지요

침묵

친구 뒷모습이 낙타 등처럼 읽힌다
논길 따라 난 좁은 논두렁 걷다
돌미나리 손톱으로 똑똑 뜯는다
잘 익은 해가 포물선 그으며 떨어진다
꾸물꾸물 내려앉는 어둠의 무게
친구의 불혹이 더 무거워져 보인다
때론 침묵이 아름답다고 말하고 싶었지만
나는 그 아름다움을 위해 말을 아낀다
돌아와 돌미나리 뜨거운 물에 데치다
친구가 놓고 간 볼펜
끓는 물 속에서 아프게 휘어졌다
찬물에 헹궈 쭉 그어 보니
슬픈 마스카라처럼 번진다
휴지통에 버렸다가 다시 꺼내 든다
그리운 쪽으로 마음 먼저 물들 듯
나는 백지에 말 대신 점을 찍는다

비처럼 내게로

빗물이 쏟아져 내렸다
바람 위에서 하얀 빗방울이
메밀꽃처럼 떨고 있었다
무채색 옷 입은 그녀의 몸
날 선 빗줄기 사선을 그었다
수녀원 담을 오르던 겨울새처럼
여윈 그녀 두고 온 날도 비 내렸다
그 비 흘러 강물을 만나고
맨살 부비며 바다에 닿을 동안
나는 행과 행 사이 길을 잃고 헤매느라
그녀의 안부 묻지 못했다
정거장에 도착했다는 예고도 없이
쏟아지는 비처럼 그녀가 내게로 와
꽃, 잎 다 떨어뜨린 줄기 앙상한
두 그루 버짐나무로 만났다
그저 맑게 웃고 싶었을 그녀와
무슨 말이든 해야만 하는 나
비가 눈에 들어온다고
손수건을 꺼내야한다며
손만 더듬거리고 있었다

백합꽃 어머니

백합꽃 하얀 나팔처럼 피어

심은 사람 따라 죽는다는 치자나무에 저녁 바람처럼
다녀온 이야기 시작하는데

딸 여섯 시집보내고 늙어버린 어머니

더 늙어버린 텅 빈 옛집에 숨 가쁘게 대문 밀고 들어서
면 안채 돌담 옆에 어머니 심어 놓은 백합꽃이 어머니
인 양 화들짝 반기곤 했는데

사랑니 같은 백합 뿌리 몇 쪽

옛집에서 옮겨와 빈 화분에 심었는데 여러 송이 꽃이
피어 창 안으로 고개 디밀고 나머지 햇살마저 달라 칭얼
대는데

어머니, 불러보면
내 기억의 나릿물*에서 반짝이며

여름날 잔별처럼 웃는 꽃

* 나릿물 : 냇물의 순우리말

뿌리꽃

뿌리도 꽃이다

뿌리꽃!

잔뿌리 같이 얽힌 내 머릿속이
각시방에 불 켜듯 환해진다

낙동강 하구 언저리
매화꽃처럼 핀 마을에도 뿌리가 있고

나는 그 뿌리에 핀
많은 꽃 중의 하나였다

그 꽃 뿌리 내 가슴에 내려
나는 무시로 피우던 꽃

내가 피운 꽃에도 뿌리가 있어
그 끝에 다시 뿌리꽃 핀다

슬픔의 무게

어린 쌍둥이 한 아이 홀로 남았다

혼자 남은 6.25킬로그램의 존재

저 슬픔의 무게가 너무 무겁다

반쪽이 웃으면 남은 반쪽 따라 웃던

나뉘었지만 한몸인 쌍둥이

부모와 반쪽은 떨어져 사라지고

살아 있다는 것의 무게보다

지워진 반쪽의 무게가 더 무겁다

그 무게로 반쪽이 혼자 울고 있다

하늘 꽃밭

바람이 머뭇거리다
하루 더 머무는 숲 있단다

그 숲엔 꽃의 손과 사람 손이
깍지 낀 채 잠이 들고
새벽이면 그 손가락 풀어놓아
손에 끼워진
보석 같은 열매 붉게 익는단다

땀방울 같은 이슬이 송알송알 맺혀
가시 잎에 가려 있던
열매의 잠 깨우면
반지 낀 둥근 손이 빚은 아침
또렷또렷 열매 익어 달콤해진단다

저녁이면 노을 뿌려
열매와 사람이 산딸기 향으로 함께 익는
하늘 꽃밭 여기 있단다.

꽃무릇

별이 보이는 마당으로 이사 와
물 항아리 하나 놓아두었는데

새벽잠 깨어 마당에 나오면
총총한 별이 물 항아리 속에서
퐁당퐁당 놀다가곤 했는데

인기척에 놀란 별들 황급히
별 옷 챙겨 입고 돌아가 버리는 밤

호기심 많은 별 하나가
물 항아리 깊이 숨어 있다
별꽃으로 피어나곤 했는데

여름과 가을 사이
상림 숲 그늘로 내려와

천 개의 별을 눈으로 달고
천 개의 별을 손으로 내밀며
꽃은 파안 미소로 나를 부르는데

푸른 자두

분홍 꽃 진 자리
연꽃 방석 펼쳐놓고
푸른 자두 앉았지

꽃도 열매도
처음은 언제나 점 하나에서 시작하지

시큰한 몇 날 며칠을 지낸 후에야
윤기나는 푸른 빛 하나 얻어
단단한 속살 지닌 푸른 이름이 되는 거지

산다는 것은 다 그런 것이지
한 번쯤 자리 바꿔보고 싶은 거지

햇살이 눈 부신 여름날
푸른 자두는 고뇌하며 익어가지만

푸른 자두 푸른 자두로만 익어가지

시詩를 절이듯이

소금 한 바가지 퍼서
육각의 말을 절인다
한철 오기로 뻣뻣해진 시에
켜켜이 뿌려둔다
섣불리 뒤척거려 다시 일어서지 않게
괜히 들쑤셔 풋내나지 않게
길들이기 쉽게 숨죽이려면
오래오래 무심한 척 덮어두는 법
그 속에는 평생을 소금 속에서 살아
소금보다 더 짠 눈물 흘리는
시 벌레 몇 마리쯤 살고 있겠지만
애써 모른 척하기로 한다
슬그머니 핏줄 타고 찾아오는
파랗게 어린 시詩란 녀석 보며
생소금 한 줌
손바닥 얼얼해지도록 움켜쥔다.

해 설

봉인封印을 푸는 마술의 언어

정 재 림(문학평론가)

1.

임정옥 시인의 약력에는 다음과 같은 사항이 적혀있다.

'시를 사랑하는 사람들' 신인상. '고래를 사랑하는 시인들 모임' 회원.

'사랑'이라는 단어를 매개로 '시'와 '고래'가 만나는 이 서술은 꽤 흥미롭다. 시를 사랑하는 시인, 고래를 사랑하는 시인의 시는 과연 어떨지 자못 궁금해진다. 목차를 훑어보기만 해도 임정옥 시인의 자연에 대한 사랑을 눈치채기에 충분하다. 바다, 뱀, 고래, 개미, 봄 눈, 새, 달맞이꽃, 때죽나무, 이팝꽃, 목련, 무당벌레, 진달래꽃……. 시인의 눈은 바다와 육지를 넘나들며, 거기서 살아가고 있는 자연물의 소소한 움직임을 포착해 낸다.

하지만 더 눈여겨보아야 할 사실은 임정옥 시인이 살아 있는 꽃이나 고래와 같은 자연을 눈여겨볼 뿐만 아니라, 그것을 예민하고 적확한 언어로 표현하는 재주를 가졌다는 점이다. 좋은 시인은 예민한 감수성, 특히 언어에 대한 민감성을 타고난 이들이다. 그 감수성과 예민함은 자신의 상처를 드러내 보이게 하기도 하고, 어떤 때에는 독자에게 그 상처의 화끈거림을 선사하기도 한다.

『어머니의 완장』에 실린 시편들은 임정옥 시인이 시적 감수성과 언어적 예민함의 천운을 타고난 시인임을 절감하도록 한다. 비유컨대, 임정옥 시인의 시편들은 신비로운 마술의 한 장면과도 같다. 시인의 마술적 언어는 시적 대상의 오래된 봉인을 풀어주는 주문처럼, 때로 익숙한 것을 익숙하지 않은 것으로, 때로는 익숙하지 않은 것은 익숙한 것으로 뒤바꾸어 버린다. 익숙한 것과 익숙하지 않은 것의 이 현란한 뒤 바뀜 속에서 독자는 어리둥절함과 동시에 경이로움을 체험한다. 「익숙하다는 것에 닿다」는 이런 마술의 묘미를 잘 보여주는 시이다.

산딸기 열매 익은 것만 골라 따며 익다 익다, 익다는 말을 되풀이하다 익숙하다는 말에 닿았습니다

푸른 잎 뒤에 숨어 있던 말 하나 햇볕에 익숙해져 뜨거운 색으로 붉게 익었는지 열매를 따는 손이 익숙하여 나도 열매처럼 익었습니다

열매 익어 사람 익어 햇볕도 알맞게 잘 익어 맑은 눈 가
진 열매가 손 펼치며 묻습니다

 −저 붉은빛은 또 어디서 왔느냐

가슴을 지나는 바람도 푸르게 왔다 붉게 익고 푸르고 붉
은 단청으로 내가 익어 도착한 시간 오는 곳이 다르다 해
도 가는 곳이 하나임을 알았으니

익는다는 것은 익숙해지는 것

 열매 한 알이 잘 익기 위해 햇살이며 바람이 사람과 함
께 익듯, 서로에게 낯익어 익숙해지듯, 등 기대어 익숙해
지기 위해 원융圓融에 닿기 위해

                         ─「익숙하다는 것에 닿다」 전문

 시인의 상상력은 산딸기 열매를 따는 사소한 일과 함
께 시작된다. 빨갛게 익은 산딸기 열매를 거둬들이는 일
상적이고 익숙한 손놀림에서, 그런데 시인은 '익다'라는
단어와 불현듯 마주친다. 이 마주침을 출발점으로 하여
시인은 열매 따는 행위를 세계에 대한 통찰로 연결짓는
데, 이 장면은 대단히 인상적이다.
 한국어에서의 '익다'는 최소한 두 가지 이상의 의미가
있다. ①과일 등이 숙성하다. ②익숙해지다. 표면상으로

볼 때, ①의 의미와 ②의 의미는 무관한 것처럼 보인다. ①의 '익다'에서 강조되는 것은 상태의 변화이다. 바람과 햇빛의 작용으로 시퍼렇던 열매가 빨갛게 변하는 과정이 '익다'인 것이다. 반면 ②의 '익다'에서는 관계가 강조된다. 서로의 관계 속에서 서툴고 익숙지 않던 상태가 낯설지 않은 상태로 변이되는 것이 중요한 것이다.

하지만 ①의 의미가 ② 속에 내장되어 있다고, 혹은 ①에서 출발하여 ②로 나아가게 마련이다. ①의 의미에서 ②의 의미로 나아가는 과정은, 그래서 "푸른 잎 뒤에 숨어있던 말 하나"를 찾는 과정과 다르지 않다. 다시 말해, 열매가 익는 과정은 주변 환경과 동떨어져 존재하던 개체가 자신을 둘러싸고 있는 바람과 비, 햇볕과 '원융'해 가는 과정인 것이다. "익다 익다는 말을 되풀이하다 익숙하다는 말에 닿았습니다"라는 시인의 깨달음은 이러한 통찰에 대한 고백이다.

그리고 '익다'라는 단어에 대한 깨달음은, 4연에서 세계의 기원에 대한 통찰로 비약한다. '─'라는 단절의 표지 이후, 시인은 "저 붉은빛은 또 어디서 왔느냐"라고 질문한다. 이 순간 '익다'라는 어원적 탐색은 '세계'의 기원에 대한 탐구로 도약하는 듯하다. '저 붉은빛'은 익은 열매의 색깔을 지시하지만, 이 열매를 익게 한 태양빛의 색깔을 연상시키는 것이기도 하다. 시인이 '저 붉은빛'에 대한 의문으로 나아가면서, 어쩌면 구별과 분별은 무의미해지는지도 모른다. 그리고 그때는 성숙/미성숙, 익숙함/낯설음, 개체/전체의 분화되기 이전의 상태로, 혹은 그것이 커다란 하나의 '圓'으로 수렴되는 순간일 것이다.

2.

『어머니의 완장』이 성숙/미성숙, 익숙함/낯설음의 이분법을 해체하고 다시 통합하는 저력을 보여준다면, 1부에 실린 「오래된 말로 내 이름을 부른다」에는 해체와 통합을 통해 새로운 것을 발견하려는 시인의 시작詩作 태도가 암시되어 있다.

내 별에 없는 문자를 받고
미로를 만난 것처럼 당황스럽다
자음만 있고 모음이 없는
파라오의 비밀문자로 쓰인 편지
내 시간으로 불쑥 배달된
상형문자의 편지 한 통은
먼 고대의 전장에서
고향의 누이에게 보낸 편지일까
이집트 연인의 뜨거운 사랑 고백일까
독수리, 쭉 뻗은 직각의 발
뿔 달린 살모사, 똑바로 선 다리
그들의 문자로 나를 부르면
이름 속에 사는 새 두 마리 날개 파닥이며

하얀 사막으로 나를 이끄는 저녁
내가 만든 별에 나를 가둔
날지 못한 새였는지
시간과 시간의 주름살을 날개로 펼쳐보는데
먼, 아득히 먼 곳에서
누가 오래된 말로 내 이름을 부른다
　　　　　　　　—「오래된 말로 내 이름을 부른다」 전문

　시인은 '오래된 말'로 '내 이름'을 부른다고 표현한다. 이 '오래된 말'은 시에 등장하는 "내 별에 없는 문자" "파라오의 비밀문자" "상형문자" "그들의 문자"와 등가적 의미가 있다. 즉 '오래된 말'은 해독되지 않는 고대의 상형문자나 외계인의 언어처럼 해독 불가능한 어떤 언어, 그러니까 가장 낯선 언어이다. 반면 '내 이름'은 가장 친숙한 언어이다. 이름은 살아가는 동안 가장 많이 불려지는 것, 나의 정체성을 보장하는 가장 확실한 것으로 여겨지기 때문이다. 그러므로 '오래된 말'과 '내 이름'은 의미상 가장 먼 거리에 놓여 있다.

　그렇다면 가장 낯선 언어인 '오래된 말'로 가장 친숙한 '내 이름'을 부른다는 것은 무엇을 의미하는 것일까? 일차적으로 이는 익숙했던 이름이 낯설게 느껴지는 경험에 대한 시적 표현으로 이해될 수 있다. 일상적인 삶에서 이름은 나 자신과 동일한 것으로 취급되곤 한다. 이름이 호명되면 우리가 즉각적으로 반응하는 것도 이 때문일 것이다. 하지만 엄밀한 의미에서 나는 이름과 결코 같을 수 없다. 이름은 자의적으로 붙여진 하나의 대명사에 불과하다. 그래서 우리는 일상적 삶이 균열하는 어느 순간, 자신의 이름에서 기이한 낯설음을 경험하게 된다. 이 낯설고 기이한 순간은, 우리가 고대의 상형문자로 표기된 자신의 이름과 마주치는 순간과 다르지 않을 것이다.

나아가 오래된 말로 내 이름을 부르는 행위는, 익숙함의 봉인에 갇힌 세계의 신비를 풀고자 하는 시적 의지에 대한 비유로 해석될 수 있다. 경직되고 관습화된 사유에 저항하여 새로운 언어를 창출하는 것이 시(예술)의 오랜 사명이었음을 떠올리면, 시인의 시적 의지는 타당한 의미를 갖는다. 시인은 낯선 언어와의 만남을 당황스럽다고 표현한다. 하지만 이 당황스러운 감정의 주체는 시를 읽는 독자의 몫이기도 하다. 왜냐하면, 시인의 언어야말로 관습화된 문법 체계로 해석되지는 않는, "파라오의 비밀문자로 쓰인 편지" "상형문자의 편지 한 통"과 같은 것이기 때문이다.

즉 편지의 일차적 수신자가 시적 화자인 것처럼 보이지만, 시적 전이를 거치면서 편지가 독자인 우리에게 도착하는 형국이다. 그런데 문법 체계 바깥의 언어로 쓰여진 편지를 읽으며 우리는 무엇을 보게 되는 것일까? 독자가 만나게 된 진풍경은, "시간과 시간의 주름살을 날개로 펼쳐보는데/ 먼, 아득히 먼 곳에서/ 누가 오래된 말로 내 이름을 부른다"라는 시구 속에 암시되어 있는 듯하다. 눈길을 사로잡는 단어는 '주름살'이다. 이 주름은 아득히 먼 고대의 시간을 함축하고 있는 주름이자, 말하지 못하거나 말할 수 없던 말들을 담아낸 주름일 것이므로.

3.

시집 『어머니의 완장』에서 또 하나 주목할 만한 부분은 시집 전반에 잔잔하게 깔려있는 육친에 대한 그리움이다. 하지만 더욱 놀라운 것은, 이것이 단순히 육친에 대한 사랑으로 제한되지 않고, '모성' 혹은 '여성'에 대한 이야기로 확장된다는 점이다. 특히 「어머니의 완장」은 백석의 이야기 시 계보에 놓아도 손색이 없을 듯하다.

종갓집 맏며느리로 평생 시집살이하신 내 어머니, 햇볕 좋은 날이면 볕도 아깝다며 이불 홑청 뜯어 빨래하셨다.

(…중략…)

그 아이 두 아이의 어미가 되고 떠나보내는 일이 더 익숙해진 나이 되어 문득 주위를 둘러보니 어머니에게서 내 팔로 옮겨진

낯익은 완장

—「어머니의 완장」 부분

이 표제시에는 적어도 두 개 이상의 서사가 숨어 있다. 고단한 삶을 살다 가신 어머니의 서사가 하나라면, '어머니—나—딸'로 이어지는 모계의 서사가 또 다른 하나이다. 시는 어머니의 서사에서 시작하여 모계의 서사로 귀결된다. "햇볕 좋은 날이면 볕도 아깝다며 이불 홑청 뜯어 빨래"를 하시던 어머니, "폭폭 삶아 빳빳하게 풀 먹이고 자근자근 밟아 다듬이질" 하시던 어머니, 놋그릇을 "기와가루 묻혀가며 반질반질 닦"아 놓으시던 어머니. 이처럼 시의 전반은 "종갓집 맏며느리"로서의 삶에 초점이 맞추어져 있다.

시는 종부宗婦로서의 어머니의 삶을 그저 담담하게, 객관적으로 보여주는 듯하다. 하지만 그 삶이 어머니 자신에게 결코 만족스러울 수 없었음이 시의 곳곳에 암시되어 있다. 왜냐하면, 어머니의 삶을 담담하게 묘사한 시의 행간에 어머니의 고민과 한숨이 숨겨져 있기 때문이다. 가령, 시집온 어머니는 결혼 전 자신의 종교를 버리는 고통을 겪어야 했던 듯하다. 그래서 어머니가 가끔 "외가에서 배워온 찬송가를 낮게" 부를 때면, 시적 화자는 할머니가 계신 안채에 귀를 기울이며 "어머니 노래

끝나길 콩닥콩닥 뛰는 가슴으로 기다리곤" 했던 듯하다. 고부간의 갈등이나 고된 시집살이만이 어머니를 괴롭게 했던 것만이 아닌 듯하다. "낼모레 제사에 아버지 오신다고 어린 손가락 접어가며 좋아했다"는 구절은 아버지의 부재가 일상적이었음을 짐작하게 하기 때문이다.

하지만 시의 후반부는 이 어머니의 신산한 삶이 단지 어머니만의 것이 아님을 웅변해준다. 그 삶은 모든 어머니가 겪어야 했던 보편적인 삶이라는 것이다. 물론 예전과 비교한다면 여성의 삶이 놀라울 정도로 편해진 게 사실이다. 하지만 여성의 일생에 내재한 모순 자체는 별반 달라지지 않았는지도 모른다. 시인은 이렇듯 질기게 유전되는 여성(모성)으로 사는 삶을 할머니의 팔에서 어머니의 팔로, 어머니의 팔에서 다시 나의 팔로 옮겨지는 '낯익은 완장'에 비유하여 보여준다.

4.

「이름의 존재론」은 죽고 나서야 제 이름을 찾는 아이러니한 장면을 날카롭게 포착한 시이다. 사회생활을 하지 않고 가정의 울타리 안에 머물렀던 여성의 경우 자신의 이름으로 불리는 경우가 거의 없었고, 택호宅號(성명 대신에 그 사람의 출신지 이름에 '댁'을 붙여서 부르는 호칭)로 불리는 경우가 대부분이었다. 「이름의 존재론」의 주인공인

'늘밭할머니' 역시 자신의 이름으로 불리지 못한 여성 중의 하나이다.

> 늘밭할머니 이름 누런 봉투에 담겨왔다
> 죽어 조필례란 이름으로 찾아왔다
> 열아홉에 시집와 스물하나 나이 혼자되어
> 남편의 전처 택호 물려받아
> 늘밭댁이란 이름으로 예순 해 살았다
> 그녀 죽어서 비로소 찾은 이름은
> 창녕 조曺씨 필례必禮, 한 번도
> 만난 적 없는 이름을 부고에서 만났다
> 존재가 숨어 있지 않은 것이 진리라고
> 마르틴 하이데거는 말했지만
> 이름 뒤에 존재를 숨기고 사는
> 이 땅은 얼굴 없는 은자隱者의 나라
> 이름 뒤에 자신을 감추고 사는 나라
> 때로는 이름 뒤에 숨은 진짜를 만나고 싶다
> 내 아버지가 아닌 남자 임봉재 씨를
> 내 어머니가 아닌 여자 이정현 씨를
> ─「이름의 존재론」 부분

시의 내용으로 재구성해 본 '늘밭할머니'의 생애는 이러하다. 그녀는 19살에 후처로 시집을 와서 21살에 남편을 잃는다. 그리고 81살에 세상을 떠난 듯하다. 할머니는 '늘밭할머니'라고 불렸는데, 그것은 할아버지 전처의

택호였다. 시적 화자는 할머니의 부고를 받고 거기서 '조
필례'라는 할머니의 진짜 이름을 만난다. 이렇게만 정리
해도 할머니의 삶은 기구해 보인다. 그리고 기구함의 핵
심에는 불리지 않/못한 이름이 자리 잡고 있다. 할머니
는 평생 자기 이름인 '조필례'로 호명되지 않는다(물론
「누가 오래된 말로 내 이름을 부른다」를 생각건대, 이름으로
불린다는 것도 진짜 정체성을 담보하지는 못한다. 하지만 중
요한 점은 할머니가 그 이름으로마저도 불리지 못한다는 것
아닐까). 친정의 지명이 붙은 택호를 받은 것도 아니라,
전처의 택호였던 '늘밭할머니'로 평생 불린다. 그러므로
'늘밭할머니'라는 택호는, 그녀가 겪었던 이중, 삼중의
소외를 상징하는 이름인 것이다.

　아이러니하게도 '조필례'라는 진짜 이름은 죽어서야
부고에 적힌다. 이는 이름마저 잃고 살아야 하는 여성의
삶에 대한 통렬한 비판임이 틀림없다. 하지만 이 시가
단순히 남성중심주의를 비판하고 있는 데 그치는 것은
아니다. 왜냐하면, 시인이 이러한 아이러니가 여성의 삶
일 뿐만 아니라 "은자隱者의 나라"의 상황임을 지적하고
있기 때문이다. 즉 여성만이 "남의 이름"으로 평생을 사
는 것이 아니라는 것이다. 현대를 살아가는 모든 사람이
"은자隱者의 나라/ 이름 뒤에 자신을 감추고 사는 나라"의
주민인 셈이다. 그래서 시인은 "이름 뒤에 숨은 진짜"
"내 아버지가 아닌 남자 임봉재 씨를" "내 어머니가 아닌
여자 이정현 씨를"를 만나고 싶다고 말한다.

5.

또 하나 주목할 만한 시는 시집의 문을 열어주는 「아름다운 악기」이다. 담담함 속에 속 깊은 사랑과 강한 울림을 숨기고 있는 이 시는 인상적이게도 "아이야"라는 부름으로 시작한다. 전화 목소리에 스며있던 '물기' 때문에 새벽차를 타고 딸네 집에 가지만 '어미'는 끝내 "무엇이 네 마음을 어둡게 했는지도 묻지" 않겠다고 말한다. 그리고 딸이 겪는 고통과 아픔에 대해서 많은 충고를 해주고 싶지만, 그것을 말하지 않겠다고 이야기한다.

자식을 향한 어머니의 사랑은 가장 보편적인 정서 중 하나일 것이다. 하지만 보편성이 감동을 담보해 주는 것은 아니다. 즉 「아름다운 악기」가 보편적 정서에 기대고 있기 때문에 시적인 위엄과 가치를 얻는 것은 아니라는 뜻이다. 이 시의 장점은 "묻지 않으련다" "너는 모를 거야" "너에게 하고 싶지 않다"와 같은 부정적 진술과 그 진술의 단호함과 관련되어 있다. 시인은 "아이야, 자신을 견딘 사람은 아름다운 악기가 될 수 있다. 허리 굽힐 때 길이 보이고 무릎 꿇을 때 사람이 보인단다. 아직은 네 슬픔이 몸속에 나이테를 만들어 나갈 때 너도 아름다운 나무가 될 수 있다"라고 말하고 싶다. 하지만 이 말들이야말로 얼마나 교훈적인 동시에 얼마나 공허한 말들인가.

하여, 시인은 "그런 말을 너에게 하고 싶지는 않다"라며 자신의 욕망을 부정한다. 슬픔의 이유를 묻지 않겠다는 이 앙다짐, 그리고 섣부른 훈계를 쏟아내지 않는 이 포용력이야말로 이 시를 놀랍다고 아름답고 강인한 시로 만들어 주는 것이 아닐까? 말하지 않았음에도 아마 딸은 어머니의 이 하지 못한/않은 말들의 '주름'을 분명 읽어내지 않을까 싶다. 시적 단호함과 포용력은 시집 맨 마지막에 실린 「시詩를 절이듯이」에서도 확인된다.

소금 한 바가지 퍼서
육각의 말을 절인다
한철 오기로 뻣뻣해진 시에
켜켜이 뿌려둔다
섣불리 뒤척거려 다시 일어서지 않게
괜히 들쑤셔 풋내나지 않게

(…중략…)

소금보다 더 짠 눈물 흘리는
시 벌레 몇 마리쯤 살고 있겠지만
애써 모른 척하기로 한다
슬그머니 핏줄 타고 찾아오는
파랗게 어린 시詩란 녀석 보며
생소금 한 줌
손바닥 얼얼해지도록 움켜쥔다
　　　　　　　　　　　　　　—「시詩를 절이듯이」 부분

이 시는 자신의 시작 태도를 김치를 담그는 과정에 비유하여 재치있게 표현하고 있다. 눈여겨볼 부분은 시인이 "섣불리 뒤척거려 다시 일어서지 않게/ 괜히 들쑤셔 풋내나지 않게" '소금'을 뿌려대고 있다는 점이다. 시원치 않은 시를 세상에 내보내지 않겠다는 '오기'와 '결기'가 엿보이는 대목이다. 그리고 이 시집에 실린 63편의 시는 이 결기의 산물임에 틀림없다. "소금보다 더 짠 눈물"을 흘리는 "시 벌레"조차 외면한 시인의 행보가 어디로 이어질지, 시와 고래를 사랑하는 임정옥 시인의 시들이 어떻게 진화할지 주목해도 좋을 듯하다.